Abraham a Sancta Clara

Wunderlicher Traum von einem großen Narrennest

Verone

Abraham a Sancta Clara

Wunderlicher Traum von einem großen Narrennest

1st Edition | ISBN: 978-9-92500-118-7

Place of Publication: Nikosia, Cyprus

Erscheinungsjahr: 2016

TP Verone Publishing House Ltd.

Reproduktion des Originals in Großdruckschrift.

Abraham a Sancta Clara

Wunderlicher Traum von einem großen Narrennest

Verone

Abraham a Sancta Clara

Wunderlicher Traum von einem großen Narrennest

Lieber und wohlgeneigter Leser.

Der Titel dieses winzigen Büchels muss niemand erschröcken / dann wohl öfters ein schlechte Scheid / und ein gute Kling darin: Es werden allhier die Narren zimblich durch die Hächel gezogen / jedoch wird kein Mensch in speziell an seinem Namen / oder Stand berühret / sondern alles in ein sittliche Lehr gezogen; noch muss ein reiffsinniger auch nicht zu sehr die Nasen darüber rumpfen / weil mehrmal die H. Schrift beigeruckt wird / dann eben diese / und die Bücher der Lehrer in allweg dahin zielen / damit sie denen unbedachtsamen Adams-Kindern solche Narrheiten mögen aus dem Kopf bringen: seind also diese wenige Blättl nicht allein zu einer beliebigen Zeit-Vertreibung / sondern forderist auch zu einem Spiegel / worinnen mancher ersehen kann / ob er unter diese Narren-Zahl gehöre / oder nicht. Tröst mich also / dass dieses mein weniges Neues Jahr-Offert, nicht gänzlich werde verworfen werden.

VERZEICHNIS DER NARREN.

Ein einfältiger Narr.

Ein verliebter Narr.

Ein geiziger Narr.

Ein zorniger Narr.

Ein versoffener Narr.

Ein fauler Narr.

Ein verlogner Narr.

Ein furchtsamer Narr.

Ein hoffärtiger Narr.

Ein grober Narr.

Ein eifersüchtiger Narr.

Ein lobwürdiger Narr.

Ich Gaudentius Hilarion edler Herr von Freuden-Thal habe vor etliche Monat einen wunderseltzamben Traum gehabt: es hat mir getraumet / als seie ich gereist in unterschiedliche Länder / worinnen mir sehr viel denkwürdige Sachen unter die Augen kommen; unter anderen gelangte ich auch in Frankreich in die Statt Narbona, wo vor Zeiten Julius Caesar seine Legiones, und Soldaten-Schar gehabt; in dieser Statt Narbona bin ich in eines vornehmen Herrn Garten spazieren gangen / daselbst hab ich auf einem dicken Eichbaum ein großmächtiges Nest wahrgenommen / hörte auch anbei ein zimbliches Zwitzeren / kunnte aber nicht urteilen noch schliessen / was es für ein Nest seie / stache mich also der Fürwitz / dass ich um ein Leiter geschaut / und hinauf gestiegen / da fande ich Wunder über Wunder / dann es war kein Vogel-Nest / sondern ein Narren-Nest / und saßen zwölf Narren in diesem Nest; musste also wider alles Hoffen ein ganz Dutzend Narren ausnehmen; Der allererste war

Ein Einfältiger Narr.

Wann man die Sach reiflich überlegt / und wohl erörtert / so seind diejenige Leut eigentlich keine Narren zu nennen / welche da einen öden und blöden Verstand / und einen wurmstichigen Vernunft haben / wohl aber diejenige seind für große Narren zu schelten / welche da Ubles tun / und sündigen / laut Göttlicher Schrift: qui cogitat mala facere, stultus vocabitur. Proverb. c. 24. Worüber der H. Kirchen-Lehrer Hieronymus also schreibet: Ne putares stultum aestimandum fuisse eum, quem hebetem, tardum ingenio videres, palam ostendit, quia ille stultus sit vocandus, qui vel cogitatione peccati suggestioni consentit, tametsi acer ingenio videtur existere ibi in Proverb. c. 24.

Jetzige verkehrte Welt aber pflegt gemeinglich dergleichen einfältige Leut für Narren auszuschreien: es hat fürwahr der Mensch billich dem gütigsten Gott höchstens zu danken / dass Er ihm einen guten Vernunft geben / wie dann der David Gott dem Herrn nicht soviel gedankt / umweilen er ihm die Stärke erteilt / dass er Löwen und Beeren zerrissen; nicht soviel gedankt / dass Er ihn vom Hirten-Stab zum Szepter / von der Schmeer-Kappen zur Kron erhoben; als er gedankt hat um den Verstand / so ihm die Göttliche Freigebigkeit gegeben; Benedicam Dominum, qui tribuit mihi intellectum. In der Welt gibt es freilich wohl an allen Orten sehr witzige / und verständige Leut / man siehet aber auch / dass nicht allenthalben ein Cato, sondern auch ein Mato anzutreffen seie; Ziemlich einfältig war jener Baur in Frankreich.

Ein König in Frankreich verirrte sich einstmals auf der Jagd von seinen Hof-Leuten / als er nun wieder auf den rechten Weg kommen / und ganz allein wieder nach Paris geritten / ist ihm ein Baur begegnet / welcher ebenfalls nach der Statt ginge: mit diesem ließe sich der König zur Zeit-Vertreibung in ein Gespräch ein / unter andern meldet der Baur / dass er so gern möchte den König sehen / was er dann für ein Aufzug habe / und wie er gestaltet seie; worauf der König / wohlan / so komm mit mir / ich reite ebenfalls zum König / du sollst ihn heut noch sehen: wie kann ich aber / sagt der Baur / es wissen welches der König ist? weißt du was / sagt der König / wann wir in die Statt vor den König kommen /

so gib Achtung darauf welcher unter allen den Hut auf dem Kopf behält / da die andern alle mit bloßem Haupt stehen / derselbe ist König / wie sie nun in solchem Gespräch unter die Stadt-Pforten kommen / siehe! da warteten alle Königliche Bediente auf den König / und empfingen ihn mit abgedeckten Häuptern; der Baur aber aus Unverstand behielte neben dem König den Hut auf dem Kopf: Der König wendet sich zu ihm / und sprach / siehest du nunmehr wer König ist? der Baur antwortet / ich weiß es doch nit recht / aber einer aus uns beeden muss es ohne Zweifel sein; der König musste über des Bauren Einfalt von Herzen lachen: Bald hierauf folgte ein Carotzen mit etlichen Damasen, der Baur vergaffte sich ganz in diese / und fragte endlich den Kutscher / was diese für Tier seind: der Kutscher sagte / es sein Calecutische Hennen: was Teufel / antwortet der Baur / tragen sie doch den Schweif auf dem Kopff! Freilich / sagt der Kutscher vor etlichen Jahren zwar haben sie den Schweif ruckwärts nach sich geschleppt / weil man sie aber für Gassen-Kehrer gehalten / also hat die vornehme Madame Fontange bei dem Jupiter so viel ausgebracht / dass ihnen der Hennenschweif beim Kopf hat dörfen heraus wachsen: das ist ein anders / sagt der Baur / auf meinem Mist kratzen keine solche Malecutische Hennen. Wohl ein einfältiger Narr!

Ein Verliebter Narr.

Die Lieb ist ein Dieb; ein Dieb ist gewest Judas, weil er Geld gestohlen; ein Diebin ist gewest die Rachel, weil sie ihrem Vater die goldene Götzen-Bilder gestohlen; ein Dieb ist gewest der Achan, weil er bei Eroberung der

Statt Jericho neben anderen einen Mantel gestohlen: aber noch ein größerer Dieb ist die Lieb / dann diese stiehlt denen Menschen gar die Vernunft / und macht sie zu einem Narren / amantes, amentes. Amnon ein Sohn des Davids hat sich dergestalten verliebt in sein Schwester die Thamar, dass er vor lauter Lieb ist krank / und bettlägerig worden; es hat ihm weder Essen noch Trinken geschmeckt; das Gesicht ist ihm ganz und gar eingefallen / dass er ausgesehen / wie ein ausgeblasene Sackpfeifen; Tag und Nacht hat er geseufzet nicht anders / als wie ein ungeschmierte Haus-Tür; er war dergestalten entzündt in der Lieb / dass er ohne Gefahr noch Schaden nicht hätte können bei einem Stroh-Dach vorbei gehen; wohl recht hat der Poet gesagt:

Bacchus und der Weiber Garn
Machen viel zu lauter Narren.

Im Evangelio seind drei Gäst gar höflich eingeladen worden zur Mahlzeit / deren aber ist keiner erschienen / sondern der Erste sagte / dass er einen Meir-Hof habe kauft / müsste also denselben sehen / er bitte / man wolle ihn entschuldiget haben: Der Andere sagte / er habe fünf Joch Ochsen eingehandelt / müsste solche probieren / er bitte auch / man woll ihn entschuldiget haben: Der Dritte sagt / er habe ein Weib genommen / er könne nicht kommen / sagt aber nichts / dass man ihn soll entschuldiget haben: Warum? Darum / dann ich glaub / er war schon ein Narr / die Lieb hat ihm den Verstand genommen.

Ein junger Gesell / als er vernommen / dass seine ihm eingebildte Braut / ihn zu nehmen / darum sich weigerte / weil er nicht längst den Fuß gebrochen / nunmehr zwar geheilet / gleichwohl aber sehr hinken tue / ist so frech gewest / dass er von freien stucken zu einem besseren Wund-Arzten gangen / den Fuß wider auf ein neues hat brechen lassen / und folgende also einrichten / dass er nachgehende nicht mehr gehunken. O Narr!

Ein anderer von guten Haus, schreibet seiner Liebsten ein Briefel / und damit solches nit leer einlaufe / sondern ein Schankung mit sich bringe / also schnitte er ihm einen Finger von der Hand hinweg / und schicket selbigen eingeschlossener in Brief / zur Bedeutung seiner wahren / und unverfälschten Lieb. O Narr!

Ein anderer hat in Gesundheit seiner Liebsten nit allein ein Glas Wein bis auff den letzten Tropfen ausgetrunken / sondern noch das Glas völlig mit den Zähnen zernaget / und zermahlet / und es wie den besten Zucker ganz gierig gefressen / dass ihm hierdurch das Ingeweid zerrissen / und folgsam Lieb / und Leben zugleich verlassen. O Narr!

Ein anderer hat ein Handschuh seiner Liebsten entzuckt / selben gar klein zerschnittener sieden lassen / solchen an statt der Kuttel-Fleck gefressen / anbei bekennet / dass ihm die Zeit seines Lebens keine Speis habe besser geschmeckt. O Narr!

Salomon hat es selbst bekennt / dass er wegen der Lieb zu denen Ausländischen Weibern / zu denen Moabitischen und Ammonitischen / zu denen Edomitischen und Sidonitischen / etc. sei der größte Narr worden / stultissimus fui Virorum, et Sapientia non fuit mecum. Proverb. c. 30.

Auf solchen Leist war auch geschlagen / in solchen Model war auch gegossen / mit solcher Narren-Kappen war auch gekrönt Dulcitius, ein Land-Vogt des Kaisers Diocletiani, wie Baronius erzählt A. 749. Agape, Chionia, und Irena haben Gott ihr Jungfrauschaft verlobt / und aufgeopfert; Dulcitius war gegen diesen in ungebührender Lieb entzündet / brache derowegen bei nächtlicher Weil / mit allen Gewalt in ihre Behausung / allwo sie wirklich in Andacht / und Betrachtung begriffen / er unterdessen ganz rasend kommt in die Kuchl / wird von Gott dergestalten verblendt / dass er die Kessel / und Häfen für Jungfrauen angeschaut / lauft auf sie dar / umfanget selbige / kusset / und halset sie / nicht anders / als hätte er seinen verlangten Schatz in Armen / er wusste nicht / dass er in der Kuchel / sondern glaubte er sei in der Kammer; er glaubte / er sei bei der Anna, nicht bei der Pfanne / kunnte auch fast kein End machen ohne Liebkosen / und Kussen / also / dass er wie ein lebendiger Teufel wegen Ruß / und Schwärze ausgesehen; unterdessen verharreten die HH. Jungfrauen in ihrem Gebet / als nun der Tag angebrochen / und die Morgenröthe den Erdboden beglanzet / auch mein sauberer (scilicet) Dulcitius den Weg nach Haus genommen / ist er unterwegs von männiglich für einen Narren gehalten worden; und bliebe bei diesen nicht allein / sondern sie haben ihn mit Brüglen wohl abgesalbet / bis er endlich den Spiegel um Rat gefragt / welcher dann ihm ohne einiges Schmeichlen die Wahrheit gezeigt / dass ihn sein betörte Lieb vor Gott und der Welt zu einen Narren gemacht habe. O Gott! wann solches Wunderwerk öfter geschehe / wie viel wurde es schwarze Larven absetzen.

Ein Geiziger Narr.

Dass die Geizigen als Narren sollen gescholten werden / scheinet aus dem / weil Gott ihnen selbst solchen Titel hat geben / wie Luc. c. 12. zu sehen / und zu lesen; alldort geschicht Meldung von einem reichen Gesellen / der vor Menge der Früchten nicht hat gewusst / was er solle anfangen / dann die Scheuren oder Stadel waren ihm allzu eng / hat ihm derentwegen solcher Phantast bei der Nacht selbst den Schlaf gebrochen / da unterdessen ein Armer hätte ohne Sorg fortgeschlafen: wie erst-gedachter Reiche inmitten der Grillen / und Mucken gewesen / da kommt ein Stimm von Gott / und heißt ihn ein Narren / Stulte, etc. du Narr / und törichter Mensch / noch diese Nacht wird die Seel von dir gefordert werden / et quae parasti, cujus erunt? Das Geld und Gut / so du zusammen geraspelt / wer wird es bekommen?

O Narr über alle Narren! Der reiche Prasser hat ihm selbst gute Tag angetan / hat die ganze Zeit stattliche Panquet gehalten / die vier Elementen seind ihm stets zu Diensten gewest / der Luft spendierte das Feder-Wildbret / die Erd gab ihm von allerlei Tier / und Früchten / das Wasser versehe ihn mit Fischen / das Feuer musste immerzu sieden und braten / Essen und Trinken / und anders guts Leben / hat ihm sein Vater zum Heirat-Gut geben / recepisti bona in vita tua, etc. bei ihm war alle Tag ein Fest-Tag / und Fress-Tag / endlich und endlich ist er freilich wohl zum Teufel gefahren / und in der Höll begraben worden / requiescat in pice: Aber du betörter Geiz-Hals tust dir gar keine gute Täg an / du frissest mehrer Kummernuss / als Hasel-Nuss; du küfflest mehrer Mangel-Kern / als Mandel-Kern; du sauffest mehrer Trübs als Liebs / und fahrest dennoch zum Teufel; du hast ein zeitliche und ein ewige Höll! O Narr! Es sei Sommer oder Winter / so fahrest du in Schellen-Schlitten zum Teufel.

Magdalena die H. Büßerin hat mit ihrer Alabaster-Büchsen Gott wohlgefallen / und damit den Himmel erworben / du aber mit deiner Spar-Büchsen verdienst nichts anders / als die Höll. Die H. Ascla mit ihrem Fasten / und Leiden / der H. Asidius mit seinem Fasten / und Leiden / der H. Assentius mit seinem Fasten / und Leiden haben die Seligkeit erhalten; aber ein solcher Asinus wie du bist / mit seinem Fasten / und Leiden procurieret ihm selbst die Höll. O Narr!

Quae parasti, cujus erunt? Ei so spar / du Narr? Du bist in dem Fall nicht ungleich den Ameisen / welche den ganzen Sommer hindurch mit größter Arbeit / und Sorgen zusammen sammlen / nachdem sie endlich fast mit einem Überfluss versehen / da kommet ein großkopfeter Bär / und verzehrst alles dieses auf einmal: Du geiziger Gesell in der Höll / was du mit vielen Sorgen und Borgen / was du mit vielen Laufen und Schnaufen / was du mit vielen Fleiß und Schweiß zusammen gespart / da kommt ein Bär / ich darf wohl sagen gar ein Bärenhäuter / dein Sohn / oder Erb / der verzehrt alles / zerstörst alles. O Narr / ziehe die Schellen-Kappen herunter / damit du besser hören kannst / was der H.

Valerianus redet Hom. 20. Stultitiae genus est, aliis fecisse lucrum, et sibi parasse supplicium.

Lucae am 13. Cap. ist zu lesen / wie dass der Herr ein Weib hat gesund gemacht / welche einen gar elenden Zustand gehabt / und zwar selben hat sie bekommen vom bösen Feind / non poterat sursum respicere: 18. ganze Jahr war sie dergestalten mit dem Leib zusammen gebogen / dass sie niemals konnte in die Höhe schauen / sondern nur allzeit auf die Erden. Dergleichen Zustand haben wohl mehrere Leut / die ein ganze Zeit nie den Himmel anschauen / noch weniger denselben betrachten / sondern alle ihre Gedanken seind auf der Erden / und das Irdische: Ein gelbe und weiße Erden; was ist Gold und Silber anders? Ist der einige Zweck / und Absehen ihres Herzens; ja einige seind dergestalten betört / dass sie um ein schlechtes Geld sich gar dem bösen Feind verschreiben / der Seelen Seligkeit in die Schanz schlagen: viel seind / die wegen eines kleinen Verlust sich gar henken oder ertränken; sollen dann diese nit Narren sein? die geizige Narren werden nicht allein ewig gestrafft / sondern oft auch zeitlich / wie folgendes zu sehen.

Ein vornehmer Cavallier war neben andern adelichen Tugenden absonderlich freigebig / forderst aber gegen den Armen / und Bedürftigen / deren er keine ohne sondere Beihülf von sich gelassen; entgegen aber war sein Kammer-Diener über alle maßen dem Geiz ergeben / auch so gar mussten diejenige / so was von dem Gnädigen Herrn empfangen / ihm spendieren / und meisten Teil die Hälfte; das hat ein arglistiger Gesell in Erfahrnis gebracht / und weil er zu dem Gnädigen Herrn nicht konnte gelangen / außer / er verspreche dem interessierten Kammer-Diener den halben Teil von dem / was er wurde bekommen / also hat er gar gern solches verheißen und zugesagt; nachdem er nun ein reichliche Beisteur von dem Cavallier erhalten / da hat er anbei um ein andere Gnad gebeten / und zwar um ein Maultaschen / die er zur Gedächtnis gar gern von einer so freigebigen Hand ertragen wolle; solches hat Anfangs der Cavallier auf alle Weis geweigert / endlich nach so vielen und inständigen Bitten ihm ein kleine und fast nicht empfindliche geben / so mehrer einem Scherz gleich gesehen: als dieser nach vielen Danksagen abgewichen / da ist alsobald der Geldgierige Kammer-Diener über ihn / und verlangt die Hälfte was er empfangen: alsobald war die Antwort / alsobald / und gibt zugleich dem Geizhals ein solche Maultaschen / dass er die ganze Stiegen hinunter gefallen / welches Getös verursacht dass auch der Cavallier aus seinem Zimmer geloffen / die Ursach dessen alles befragt / dem aber dieser die Sach nach allen Umständen erzählt / wie dass er nicht habe können vorkommen / er habe dann dem Kammer-Diener den halben Teil versprochen / was er von dero freigebigen Hand werde bekommen / weil er nun Geld / und ein Maul-Taschen empfangen / also habe er mit ihm geteilt / das Geld für sich behalten / und die Maul-Taschen ihm eingehändiget: welches der Cavallier diesem Geizhals gar wohl vergonnt / und noch hierüber denselben seines Diensts entlassen.

Ein Zorniger Narr.

Der jüngere Tobias auf Befehl des Engels Raphaël fangt einen Fisch in dem Fluss Tigris, nimmt aus demselben das Herz / die Leber / und die Gall / als lauter Sachen / die gut zur Arznei seind / wie er dann bald hernach mit der Gall die Augen seines blinden Vaters bestrichen / wovon er wiederum das gewünschte Gesicht überkommen. Tob. c. 11. Diese Fisch-Gall ist gut und nützlich gewest / entgegen aber die Gall des Menschen ist über alle Maßen schädlich / zumahlen selbige nicht das Licht bringt wie dem Tobiae, sondern nimmt das Licht des Verstands / und macht den Menschen gar zu einem Narren / wie es dann der Weise Seneca bezeugt: ubi multa iracundia, ibi multa insania.

Ein Zorniger und alle Narrn
Zusammen g'hörn auf einen Karn.

Der Prophet Jonas, nachdem er aus seiner schwimmenden Herberg entrunnen / hat sich eilends nach Ninive begeben / alldorten den Untergang der ganzen Statt angekündt / und geprediget / nach solchem hat er die Statt verlassen / und sich gegen hinüber retiriert / alldort ist alsobald ein Kürbis aufgewachsen / dessen breite Blätter ihm gar einen annehmlichen Schatten gemacht / worüber er sich nicht ein wenig erfreuet / nicht lang hernach ist der Kürbis durch ein Würmel angebissen worden / und folgsam verdorrt: Welches dann den Jonas in ein solche Cholera und Zorn gebracht / dass er ihm dererthalben den Tod gewunschen: das war dazumalen ein großes Narren-Stuck / wegen eines Kürbis den Tod wünschen / als sei mehrer gelegen an einem

Kürbis / als am Leben / dahero ihm Gott einen Verweis geben / und gesagt / meinst du dann / dass du wegen des Kürbis mit Fug zörnest? Jon. c. 4.

Wenceslaus König in Böhmen hat sich über seinen Mund-Koch dergestalten erzürnt / um weil er ihm einen Cappauner nicht recht gebraten / dass er denselbigen hat lassen lebendig an Brat-Spieß stecken / umtreiben / und mit eignen Blut begießen.

Otto Antonius Graff von Monferat, da ihn sein Knab bei unrechter Zeit aufgeweckt / hat lassen denselben in ein gepichtes / und mit Schwefel übergossenes Tuch lebendig einnähen / und anzünden / dass er also wie ein Fackel verbrunnen.

Bajazeth der Türkische Kaiser hatte in seinem Garten ein liebes Bäumlein / daran 3. Äpfel gehangen / welche einer aus dreien seiner Edel-Knaben abgerissen / worüber er sich dermassen erzürnt / dass er befohlen allen dreien den Leib aufzuschneiden / und solchen Raub zu suchen / so auch wär geschehen / wofern man sie nicht bei dem Ersten in seinem Magen hätte gefunden.

Ein größerers Narrenstuck ist aber / wann man sich über ein Sach erzürnt / so da kein Leben noch weniger ein Vernunft hat. Cyrus der Persianische König hat über den Welt-berühmten Fluss Ginden / weil in demselben sein lieber Schimmel ertrunken / sich dergestalten erzürnt / dass er denselben in 380. Arm hat lassen zerteilen. Der König Xerxes hat ein solchen Zorn gefasst über den engen Meer-Schlund des Aegeischen Meers / dass er demselben hat lassen 300. Streich geben / in so gar Fußeisen in denselben geworfen. Caligula hat wegen des trüben Wetters sich gar über seinen vermeinten Gott Jupiter erzürnt / denselben gar aufgefordert / und zugeschrien / aut tolle me, aut ego te, entweder musst du mir / oder ich dir den Hals brechen. O Narr über alle Narren!

In einer Stadt in Deutschland / welche wegen der Kaufmannschaft sehr berühmt / war ein Barbierer / sonst eines ehrlichen Wandels / und in seiner Kunst wohlerfahren / allein hat er einen Mangel an der Red / und täte mit der Zungen Kacketzen; zu diesem kam auf ein Zeit einer / der ebenfalls mit der Zungen angestoßen / unwissend / dass der Barbierer einen dergleichen natürlichen Fehler hätte / sagte also: Bon, Bon, Bona dies, ich wollt mich gern lassen bu / bu / butzen: Der Barbier sae ihn an / wusste vor Zorn nicht zu antworten / sagt endlich / du spo / spo / spottest mich / er sagt / ich spo / spo spott dich nicht / I / I wollt mi / mich gern la / lassen bu / bu / butzen: Dieses ging ein gute Weil also fort / bis endlich der Barbierer in solchen Harnisch geraten / und sich dergestalten erzürnt / dass er ihm das Barbier-Beck an Kopf geworfen / und darauf mit einem dicken Stuhlfuß dergestalten abgeprüglet / dass / wofern die Leut nicht hätten abgewehret / er denselben gar tot hätte geschlagen; dem Barbierer aber hat solcher Zorn dergestalten geschadet / dass er hierüber etliche Wochen hat müssen das Bett hüten / und ist kümmerlich mit dem Leben davon kommen. Daher sagt Job: Virum stultum interficit iracundia.

Ein Versoffener Narr.

Der weise Salomon ließ einest diese Wort hören Eccles. c. 2. v. 3. Cogitavi in Corde meo abstrahere a Vino Carnem meam, ut animum transferrem ad Sapientiam, devitaremque *Stultitiam*. Ich gedachte in meinem Herzen / mein Fleisch vom Wein zu enthalten / und mein Gemüt auf die Weisheit zu wenden / und die Torheit zu vermeiden. Aus welchen Worten klar und sattsam erhellet / dass die Leut durch das unmäßige Saufen zu Narren werden. Faber in Auctario schreibt / dass ein vornehmer Herr einen einfältigen Narren zu seiner Unterhaltung habe gehabt; dieser Herr hat sich einmal bei einer Mahlzeit dergestalten überweint / dass er frühe Morgens seinem Jodl sehr den Kopf geklagt / worauf der Lapp geantwortet / Herr tue Hunds-Haar auflegen / das ist / tue heut wieder einen Rausch trinken: Der Herr folgt; des andern Tags aber klagte er sein Capital noch heftiger; des Jodels Ratschlag war wiederum / er solle mehrmahlen steif saufen: Was / sagt der Herr / was wird aber endlich daraus werden? Endlich spricht der Jodl / wirst du ein Narr werden / wie ich: Wohl getroffen. Weil Holofernes der Kriegs-Fürst sich rauschig / und vollgesoffen / dessentwegen hat er durch die Judith den Kopf verloren; die mehriste Leut aber / ob sie schon durch das Saufen nicht um den Kopf kommen / so verlieren sie doch wenigst dasjenige / was im Kopf ist / nämlich den Verstand; nicht übel sagt der Poet:

Der Trunkenheit drei S. S. S.
Merkts wohl / und nicht vergess /
Sünd / Schand / Schad sie bedeuten.

Flieh sie zu allen Zeiten.

Die Trunkenheit ist ein Sünd / zumalen der H. Paulus in der 1 Epistel zu den Corinth. c. 6. schreibt / neque Ebriosi Regnum Dei possidebunt: Noch die Trunken-Bolzen werden das Reich Gottes besitzen: Die Trunkenheit ist ein Schand: Dann beschau du mir einen vollen Zapfen: Erstlich hat er ein Gesicht wie ein Preussisch Leder / dort ist Bacchus natürlich in Kupferstich getroffen: Die Nasen tröpflet wie ein zerlexter Schleif-Kübel / die Augen verkehrt er wie ein abgestochener Bock; das Maul seiffert / wie ein schmutziger Feimb-Leffel: Die Zung ist erstarret / wie ein Nudel-Walker; die Stimm bommert / wie ein alte Regiments-Trommel; die Füß gehen / wie ein Garn-Haspel; die Gebärden sind also beschaffen / dass er von jedermann für einen Narren ausgelachet wird. Die Trunkenheit ist ein Schad / dann sie frisst und verzehrt die Mittel. Herodes weil er sich voll gesoffen / hat um einen Tanz eines hupfenden Gründschüpels ein halbes Königreich dargeboten / war das nit ein Narrenstuck? Ein anderer hat all sein Hab und Gut versoffen / gleichwohl noch bei der Nacht anstatt der Inslet / Wachs-Kerzen gebrennt / als solches ein anderer gesehen / sagt er / mein Bruder / weil du Wachs-Kerzen auf deiner Tafel brennest / so glaub ich / du hattest Exequien oder Besingnis deiner verstorbenen Güter. Die Trunkenheit ist auch ein Schad dem Leib / dann die Gesundheit öfter Schiffbruch leidet im Wein als im Wasser / darum ein Grabschrift allhier zu Wien einem Heer-Baucker gemacht worden / welcher durch 30. ganze Jahr alle Tag rauschig gewest / anbei sehr stark am Podagra gelitten.

Heic est compostus Fridericus tympana bombus.
Moribus et tota Vita mirabilis hospes,
Annis triginta Solem non viderat unquam
Sobrius: Uxoris Podagrae crudelis amator.

Hier ein Heerpauker liegt gestreckt,
Der dreißig Jahr in seinem Leben
Dem Saufen also war ergeben,
Dass er zu früh niemals erweckt
Die Sonne nüchtern hat erblicket,
Bis ihn das Zipperlein geschicket
In dieses finstre Totenhaus,
Den langen Rausch zu schlafen aus.

(Nach der Ausgabe von 1707.)

Ein solcher Trunkenbold war auch der Kaiser Tiberius, welcher derentwegen zum Schimpf Biberius genennt worden / wie dann von ihm der gelehrte Jacobus Balde also singt:

Tiberius Biberius.
Ein guter nasser Bruder /
Ohn Unterlass beim Zapfen saß /
Pfui Teufel! stets im Luder.

Auf gleichen Leist war geschlagen auch jener Weinschlauch / welcher keinen Tag unterlassen / da er nicht bei seinen Bekannten gesoffen / und zwar meistens umsonst: als er einmal zu einem kam / dem er allzu überlästig / so befahl derselbe Hauswirt / man solle mit dem Essen warten; als es diesem zu lang wehren wollte und sein Weingurgel fast vor lauter Durst gestaubt / da fragt er / ist es dann nicht Essens-Zeit? Noch nicht / sagt der

Hausherr / wann du aber wirst hinweg sein / da wohl: Dieser Weinschlauch wegen des steten Saufens bekam einen solchen gesalzenen Fluss an dem rechten Aug / dass ihm der Arzt gesagt / wofern er sich hinfüran nicht werde des Saufens mäßigen / so komme er unfehlbar um das Aug: Worauf der Kandel-Bruder versetzt / es ist besser / dass ich ein Fenster verliere / als das ganze Gebäu: Das war ein versoffener Narr.

Ein Fauler Narr.

Pfui Teufel wie stinkts! Lazarus nach Aussag Marthae, hat gestunken / aber nicht so sehr: Der Misthaufen / wo der geduldige Job gesessen / hat gestunken / aber nicht so sehr / als da stinkt ein stinkfauler Mensch / und solcher wird ebenfalls / vermög Heil. Schrift / unter die Narren gezählt: per agrum pigri hominis transivi, et per Vineam Viri *Stulti*. Proverb. c. 24. v. 30. Pfui Teufel! pfui Faulenzer / alle beede verdienen das Pfui / seind auch meistens beieinander. Dahero in dem Gerasener Land der Heiland aus einem besessenen Menschen 6666. Teufel ausgetrieben; bevor aber diese verdammte Larven die Herberg quittiert / haben sie um die Erlaubnis gebeten / dass sie doch konnten in die nächste Herd Schwein fahren / welches auch erlaubt worden; aber / warum in die Schwein? Warum nicht in die Esel? Diese seind gleichwohl Astrologi, und kann man aus der Bewegung ihrer Ohren wahrnehmen / was für ein Wetter sein wird: Warum nicht in die Pferd? Ein Pferd wird sogar unter die Himmels-Tiere oder Gestirne gezählt / und heißt Pegasus: Warum nicht in die Ochsen? Ein Ochs hat dannoch die Ehr gehabt / dass Gottes Sohn und er eine

Wohnung gehabt: Die Teufel haben kurzum in die Schwein begehrt; dann kein Tier ist dem Faulenzen also ergeben / wie die Schwein / dann ihr ganzes Leben bestehet nur in Fressen / Naschen / Liegen / Schnarchen / Gronen / etc. Andere lasterhafte Leut haben nur einen und anderen Teufel / der Faulenzer aber eine ganze Legion. Die Bären zur Zeit Elisaei haben zu Bethel sehr großen Schaden gemacht / indem sie dero Inwohner kleine Knaben also erbärmlich zerrissen! aber eine Bären-Haut / verstehe die Faulheit / und Müßiggang fügt dem Menschen weit größeren Schaden zu. Einer sagte einmal zu einem Kahl-Kopf / pfui Kerl / dein Kopf ist nicht ein Haar wert / schau wie ich so lange Haar hab: Das ist leicht / antwortet der Kahl-Kopf / dann wo ein fauler Grund ist / da wächst mehr Gras: Entgegen sag ich / wo ein fauler Mensch ist / dort wächst mehr Unkraut; neben allem dem / dass die Faulheit eine fruchtbare Mutter ist aller Laster / so hat sie auch dies zum Besten / dass sie ein gute Holzhackerin abgibt / machet aber nichts anderes / als lauter Stab / will sagen Bettelstab / dann der Müßiggang ist meistens der Mitteln Abgang / qui sectatur otium, replebitur egestate. Proverb. c. 28. Dahero jener Vater seinen Sohn auf ein Zeit mit einem Prügel sehr abgeböglet / wessenthalben der Sohn sich wehmütig beklagt / warum er mit ihm so hart verfahre? indem er doch nichts getan: Eben dessentwegen sagt der Vater / tue ich dich also wacker abkniffen / weil du nichts getan / dann du hättest sollen etwas tun / und nicht also faulenzen: Dieser war ein lobwürdiger Vater / dann kein bessere Musik ist / als wo der Vater ein solchen Takt gibt.

Dass die Mäus von Ratzen kommen / hab ich mein Lebtag nie gehört / du hast es auch nicht gehört / ein anderer hat es auch nicht gehört / und ist gleichwohl die Wahrheit: Der immerzu schlaft wie ein Ratz / und der stets dem Müßiggang ergeben / ein solcher wird unfehlbar eine Maus werden / ein Mauser gar gewiss / welches so viel will sagen / als ein Dieb / dann er kann sich sonst nicht anders erhalten.

Jener im Evangelio, wie er in die Not geraten / sagte selbst fodere non valeo, graben und arbeiten kann ich nicht / du könntest freilich / wann du nur wolltest / mendicare erubesco, zum Bettlen schäme ich mich / etc. was ist endlich daraus erfolgt? Partiten hat er gemacht / und ist ein Dieb worden / die ganze Ursach dessen war / weil er nicht wollte arbeiten / sondern faulenzen: Die faule Phantasten wollen gar keine Adams-Kinder sein / indem doch dem ersten Vater Adam nach seiner Übertretung gesagt ist worden / in laboribus comedes, etc. mit vieler Arbeit sollst du dein Speis von der Erden haben. Genes. c. 3. Wer folgsam nicht arbeitet / soll nichts zu essen haben. In diesem Fall hat sehr weislich gehandlet der Cardinal Angellotus, dann er einest hat lassen das gewöhnliche Zeichen mit dem Glöckl zum Aufwarten geben / dabei aber wenig Bediente erschienen / also hat er nachgehende lassen zum Mittag-Essen das Glöckl mit einem Fuchs-Schweif schlagen / welches dann die wenigste gehört / wodurch dann geschehen / dass nur einer und der ander zum Essen kommen / die mehriste alle ungespeister geblieben. Volat. L. 23. Antroph. Arbeiten bringt Brot / Faulenzen bringt Not.

Mancher lamentiert / dieser und dieser / sagt er / stehet so wohl / bei ihm ist der Mondschein allezeit im Aufnehmen / bei mir aber immerzu im Abnehmen; er sauft ein guten Nußdorfer / ich aber ein frischen Brunner; er frisst oft Indianer / ich aber kümmerlich Knödlianer; ihm tut man aufsetzen Artischocken / mir aber schwarze Nocken; er hat ein eignes Haus / ich zwar auch / aber wie ein Schneck trag es allzeit auf dem Buckel; er schreibt sich von Weingarten / ich mich von Wasserburg. Lenzophile willst du wissen die Ursach / er war in seiner Jugend sehr emsig / fleißig / und arbeitsam / darum stehet er anjetzo so gut; du aber bist allzeit ein fauler Narr gewest / hast vermeint / du seiest ein Holzbiren Art / so erst im Liegen zeitig werden. Ein solcher ist gewest einer mit Namen Hieronymus Notleider / sonst von reichen Eltern gebürtig / dieser hat das Seinige durch den steten Müßiggang / und stinkfaulen Wandel völlig ahn worden; als ihm bei nächtlicher Weil die Dieb eingestiegen / und er solches vermerkt / da sagte er unerschrockener zu ihnen / ihr Phantasten / was sucht ihr hier in meinem Haus bei der Nacht / indem ich beim helllichten Tag nichts darinnen finde? Ist dahero noch wahr / und bleibet wahr / qui sectatur otiurn, replebitur egestate. Proverb. cap. 28.

Ein Verlogner Narr.

Die Zahl dieser Narren ist über alle Maßen groß / ihr Zechmeister und Ober-Haupt ist der Teufel selbst / welcher ein Vater der Lugen genannt wird: Der Lugen aber seind sehr unterschiedlich / etliche die in Duodez eingebunden / etliche in Octav, in Quarto, welche aber in

Folio, solche seind gar abscheulich. Folianten seind jene Männer gewest / welche Moyses in das Land Canaan geschickt hat / dasselbe zu besichtigen / und auszuspähen / nachdem solche wider zurück kommen / da haben sie alle außer Caleb, und Josue erbärmlich aufgeschnitten / ja / sagten sie / das Land ist wohl edel / und fruchtbar / aber grausame / und ungeheurige Leut gibts darin / Leut und Männer seind daselbst einer solchen Größe / dass wir gegen ihnen wie die Heuschrecken aussehen. Num. c. 13. Das heißt aufgeschnitten.

Die Lug hat ihren Ursprung von Paradeis / dort hat der böse Feind aus der Schlangen zwei batzige Lugen geschmiedet: die Erste bestunde in dem Nequaquam, etc. mitnichten werdet ihr des Tods sterben; die Andere / eritis sicut Dii, ihr werdet sein wie die Götter / etc. Hier ist ein Lug so gesichtig / und so gewichtig wie die andere. Die Eva täte dazumal nicht weniger aufschneiden / dann erstlich sagte sie / Gott hat uns geboten / wir sollen von diesem Baum nicht essen / das ist S. V. eine / dann Gott nur dem Adam das Gebot geben; ne tangeremus, etc. wir sollen den Baum gar nicht anrühren / das ist schon mehr eine / dann Gott von Anrühren kein Meldung getan; ne forte moriamur, etc. dass wir vielleicht nicht sterben: Holla! das ist die Dritte / dann Gott hat das Wörtl vielleicht / gar nicht geredt: Von dieser Zeit an / da unser erste Mutter also aufgeschnitten / schlagen die Menschen meistenteils nach der Mutter; wenig wenig werden gefunden / die also beschaffen seind / wie der H. Thomas von Aquin; als solcher einstens mit seinem Gespann spazieren gangen / da kam der Gspann gähe mit dieser Lug heraus / ecce Pater, schaut Pater da fliegt ein Ochs: Worauf der H. Mann in die Höhe geschaut / sprechend / wo? wo? Der Gespann lachte ihm die Haut voll an / und sagt / ich hab euch für einen so großen Doctor gehalten / und jetzt glaubt ihr / dass ein Ochs fliegen kann: O mein Frater, gab der H. Thomas, die Antwort / mein Frater, ich hab ehender glaubt / das ein Ochs könne fliegen / als ein Religios liegen. Wenig wenig findet man in der Welt / die also beschaffen seind wie der fromme Loth, bei dem 2. Engel in Gestalt der Fremdlingen die Herberg genommen; als aber bei nächtlicher Weil das Gottlose Volk diese zwei Jüngling mit allem Gewalt gesucht / da hat er es alsobald bestanden / dass sie bei ihm sein / hat es ganz und garnicht geleugnet / er hätte freilich wohl können vorgeben / dass sie ihren Weg haben weiter genommen / ja ein anderer täte derentwegen dem Teufel ein Ohr abschwören / dass dergleichen Leut sein Haus nie betreten / aber Loth auch in der größten Gefahr seines Lebens wollte die mindeste Lug nit tun.

Jene Soldaten bei dem Grab des Herrn / um weilen ihnen die Juden wacker gespendiert / haben ein unverschämte Lug auf die Bahn gebracht dass nämlich die Jünger hätten den Leichnam gestohlen / da sie unterdessen erfahren / dass er wahrhaftig von Toten auferstanden: Diese Gesellen haben ums Geld gelogen; es seind aber einige so leichtsinnig / dass sie umsonst / und um nichts / als wäre es gar kein Sünd / die größten Lugen aneinander knöpfen / ja sie halten es für ein Kunst / und wohl anständige Manier / wann sie zur Vertreibung der Zeit / und zu Erweckung eines ungezähmten Gelächters wacker / und fast ohne Zahl / und ohne Ziel können aufschneiden / denken aber nicht / was die Göttliche Schrift sagt: Proverb. c. 12. Abominatio est Domino labia mendacia. Lugenhafte Mäuler seind Gott dem Herrn ein Gräuel.

Ein solcher unverschämter Aufschneider war jener der bei öffentlicher Tafel sich in Gegenwart ehrlicher Leut hat verlauten lassen / dass es ihm selbst widerfahren / als er einstmals mit seinem Herrn neben einem Fluss geritten / und ein groß Fisch-Garn voller Fisch darin gesehen habe / und weil ihn so sehr nach den Fischen gelüstet / habe er das Pferd ins Wasser gesprengt / sei aber von einem großen Fisch mit Pferd / und Sattel verschlucket worden; diesen Fisch haben etliche Fischer lange Zeit hernach gefangen / und wie sie ihn aufgehauen und den Kopf zerspalten / sei er dem Fisch im Kopf noch in voller Rüstung zu Pferd gesessen / und habe dem Pferd die Sporen gegeben / dass er frisch und gesund zu seinem Herrn geritten / und demselben erzählt habe / wie es ihm bisher ergangen sei. Unter andern war auch einer gewest / der vorgebracht / dass er vor zwei Jahren zu Constantinopel sich befunden / allwo dazumal der Groß-Sultan das herrliche Zeug-Haus visitiert / und weil einige Fehler darin beobacht worden / und der dazumal gegenwärtige Groß-Vezier solche Nachlässigkeit nicht genugsam konnte entschuldigen / also habe ihm der Sultan ein solche Ohrfeigen versetzt / dass ihm das Feuer aus den Augen gesprungen / davon auch ein Funken in das nächste Pulver-Fass gefallen / wovon das ganze Zeug-Haus im Rauch aufgangen / und sei der Groß-Sultan kümmerlich mit dem Leben davon kommen. Ei so lieg / dass dir das Maul erkrumpe!

Dergleichen verlogene Narren werden schon erfahren wie teuer sie solche Lugen werden müssen bezahlen.

Ein Furchtsamer Narr.

Die Zahl dieser wunderlichen Gesellen ist sehr groß / wer sie zählen will / der hat schon zu tun. Der wackere Kriegs-Fürst Gedeon hat sich selbsten müssen verwundern / dass unter seiner Armee, die er wider die Machaniter ausgeführt / soviel Lettfeigen sich eingefunden; dann wie er auf Befehl Gottes ausrufen lassen / qui formidolosus et timidus est, etc. Judic. c. 7. Wer zaghaft und furchtsam ist / der kehre wieder um; worauf alsobald zweiundzwanzigtausend Mann nach Haus gangen / lauter Hasen-Herz / und furchtsame Narren.

Hertzfeld ist ein schönes Ort in dem Herzogtum Bremen; Hertzberg ist ein Fürstliches Geschloss / unweit der Stadt Osteroda; aber nicht ein jeder schreibt sich von diesen zweien Orten / dann gar viel da und dort anzutreffen / so kein Herz haben. Mehrer aber / und weit mehrer schreiben sich von Forchheim / ein Stadt zwischen Bamberg / und Nürnberg: O was furchtsame Leut findet man zu aller Zeit.

Heliogabalus der sonst stolze Kaiser war so furchtsam / dass er wegen Anrückung des Feinds sich mit seiner Mutter in ein heimliches Gemach verschlossen / auch daselbst elend ums Leben kommen; zwar für ein solche Nasen gehört kein anderer Balsam.

Aristogiton ein vornehmer Edelmann von Athen, einer sonderbarer Leibs-Stärke / dieser prahlte immerzu / wie dass er ihm traue ein ganze Armee zuschanden machen / seiner Aussag nach ein solcher Eisenbeisser / dass er einen geharnischten Mann wie einen Flederwisch wolle in die Höhe werfen; als er aber samt anderen hat sollen ins Feld ziehen / da hat er gleich alle beede Füß verbunden / und öffentlich daher gehunken / wie ein Hund der in der Kuchel durch einen Schür-Haken den Abschied bekommen.

Caligula ein solcher unerschrockener Held (scilicet) welcher bei dem Donnerwetter nicht anders gezittert / als wie ein schweinene Sulz / auch sich unter das Bett salviert / und beede Ohren zugestopfet.

Es gibt noch furchtsamere Narren / als diese gewest / ja nicht wenig / so sich gar vor ihren eignen Schatten oft fürchten. Es seind vor wenig Jahren einige bei nächtlicher Weil zur Winters-Zeit in einem Zimmer gewest; unwissend ihrer hat ein Knab zwei Äpfel in das Ofen-Rohr gelegt zu braten / welche dann ungefähr angefangen zu pfeifen / und zu schmudern / worüber einer den andern angeschaut / alle erbleicht / endlich wollt ein jeder der Erste bei der Tür sein / der Meinung alle / dass es ein Gespenst seie. O furchtsame Narren!

Ein Handwercks-Bürschel ist von Wien nach Neustatt gereist / als er unweit einer Mühl gewest / so ins gemein die Teufels-Mühl genennt wird / und bei sich gedenkt / er habe einmal gehört / dass an diesem Ort ein lebendiger Teufel umgehe (so aber dem nicht also) fast hierüber erschrocken / weil es sehr Abends war / dass er angefangen zu laufen / und weil er vorhin um etliche Kreuzer Nuss in den Sack geschoben / der Sack aber zerrissen gewest / also ist ihm eine Nuss nach der andern auf die Fersen gefallen / dadurch er gänzlich vermeint / es trete ihm der Schwarze schon auf die Füß / ist endlich dergestalten geloffen / und also matt worden / dass er zu Boden gefallen / und geschrien / Teufel holst mich / oder holst mich nicht / ich kann warhaftig nicht mehr laufen. O Narr!

Ich weiß selbsten ein Ort / wo sich folgende lächerliche Geschicht ereignet. Nachdem ein ehrlicher Mann mit Tod abgangen / auch nach Gebühr zur Erden bestattet worden / da hat man hernach / wie gewöhnlich / die Besingnis und Exequien gehalten / mit einem Hoch-Amt / und Predigt; weil aber der Mesner kein rechte Toten-Bahr hatte zum aufsetzen / also hat er einen Bach-Zuber an statt dero genommen / denselben mit dem Bahr-Tuch bedeckt / und folgsam mit brennenden Kerzen / wie zu geschehen pflegt / nach Möglichkeit geziert; unterdessen ist ein Hund unvermerkter Weis unter dieses Toten-Gerüst kommen / und an dem Bach-Trog der erst den ersten Tag vorhero gebraucht worden / angefangen zu nagen / dass sich endlich der Bach-Trog bewegte: Dem Prediger auf der Kanzel und andern Anwesenden war es nicht wohl bei der Sach / alle diese wussten nichts von dem Hund; endlich das allzu starke Nagen des Hunds hat gemacht / dass die Toten-Bahr / samt allen Leuchtern zu Boden gefallen / welches dann den Prediger von der Kanzel / die Leut alle aus der Kirchen getrieben / ihnen den größten Schrecken eingejagt / weil sie vermeint haben / der Tote sei auferstanden / und hab wollen protestieren über das Lob / so ihm der Prediger gegeben. O Narren!

Man wird einige Hasen-Herz finden / die bei der Nacht nicht können allein liegen; andere trauen ihnen nicht einmal die Hand aus dem Bett zu recken; andere erschröcken / wann sie nur eine Maus hören / wann nur ein Brett kracht / ein jeden Block und Stock sehen sie für einen Bau / Bau / oder Gespenst an. O furchtsame Narren! Wer ist Ursach dieser euer Zaghaftigkeit? Niemand anders / als das böse Gewissen / mala conscientia pavidum facit et timidum, das üble Gewissen / sagt der H. Chrysostomus Hom. 8. ad Pop. das üble Gewissen machet / dass der Mensch zu allen Sachen zittert / und ein stete Letfeigen abgibt. König Balthasar ein Sohn des hochmütigen Nabuchodonosor hielte ein Mahlzeit / wobei Tausend seiner Obersten als Gäst erschienen; nachdem nun alles zierlich zugericht / und alle ziemlich berauscht / und die sämtliche Anwesende in bösten Freuden- und Jubel-Schall waren / da hat der König wahr genommen / dass drei Finger von einer unsichtbaren Hand etwas auf die Wand geschrieben / worüber er dergestalten erschrocken / dass er wie ein Wachs erbleicht / ja er zitterte also an dem ganzen Leib / dass die Knie stets zusammen geschlagen. Dan. c. 5. Die meiste Umstehende haben dem König diese gefasste Fausen wollen nehmen / ja einige waren / die es für etwas guts ausgelegt / aber Balthasar zitterte immerfort wie ein Espenlaub / und ist wenig abgangen / dass ihn nicht gar die Lebens-Geister verlassen; was hat ihm doch diesen Schrecken also eingejagt? Was? Frag ein Weil! Es hats gemacht das böse Gewissen. Ein beleidigtes Gewissen verursacht / dass so viel furchtsame Narren in der Welt gefunden werden; entgegen aber ein gerechtes Gewissen ist ein Schild / ist ein Schutz / ist ein Schanz wider alles / und fürchtet solches so gar den Teufel nicht / samt seinem Anhang.

Der H. Macarius hat auf ein Zeit sein Nacht-Lager genommen auf einem Friedhof oder Gottsacker / und zugleich für ein Kissen oder Haupt-Bolzer gebraucht einen Toten-Körper / so daselbst gelegen / und des andern Tags erst hat sollen begraben werden; wie die Teufel solches ersehen / haben sie angefangen den Körper zu bewegen / hierdurch dem Macario ein Furcht und Schrecken einzujagen / er aber der gerechte Mann stund auf / schüttelt ganz unverzagt den Körper / sagend / stehe auf / wanns kannst / und gehe weiter etc. darüber der Teufel alsobalddie Flucht genommen: Keiner fürchtet sich der ein gutes Gewissen hat vor diesem Höllenhund; dann bellen kann er wohl / aber nicht beißen ohne sondern Willen Gottes.

Ein Hoffärtiger Narr.

Stultus, und Stolz wachsen auf einem Holz: Hart seind größere Narren zu finden als die Stolze / und Hoffärtige; der H. Paulus selbst / dieser Tarsensische Prediger ist der Aussag / dass diejenige / so ihnen viel einbilden / lauter Narren seind / dicentes se Sapientes stulti facti sunt; ad Rom. c. 1. v. 22. Dergleichen Gesellen gibt es in der Welt unzählbar viel. Zu Rom ist ein eignes Spital Alli Pazarelli genannt / wo lauter verruckte Köpf / umkehrte Hirn / seltsame Phantasten / wurmstichige Schädel / und einbilderische Narren zu finden seind: Dort wird einer sein / der ihm einbild / er habe ein ganzes Nest voller Spatzen im Kopf / die ihm Tag und Nacht ein stete Unruhe machen / und wollte sie gern auslassen / er fürchte aber die Bäurn möchten ihn dessentwegen zu Tod schlagen / um weil er ihnen solche Treid-Dieb ausgebrütet. Ein anderer sagt / er sei der H. Christophorus / und habe er nit nur einmal unsern Herrn durch das Adriatische Meer getragen / es sei ihm aber der Eichbaum / den er an statt des Stabs gebraucht / mitten entzwei gebrochen / daher bitt er um ein andern Baum / damit er in dergleichen Gelegenheit wieder könne durchwaten. Der dritte wird vorgeben / er sei König in Calecut, und nächster Tagen wird er eine Flotte ausschicken wider die Holländer / um weilen selbe die Stockfisch unschuldigerweis köpfen / und also kopflos in andere Länder verbannisieren: Mehr wird sich einer finden / der ihm einbildet / sein Nasen sei von Wachs / und so er nur ein Feuer von Weitem sieht / so zittert er am ganzen Leib; wann man ihm sollte eine ganze Landschaft schenken / so hielt er kein Nasenstüber aus: Ein anderer ist gewest / welcher kräftig hat glaubt / dass er des Teufels sein Barbierer sei / dahero sich beklagt / dass sein Scherr-Messer nie mehr Scharten bekomme / als wann er den Teufel muss barbieren / so er in einer Sau-Gestalt ihm erscheine / etc. Tausend dergleichen einbildische Gesellen seind allda zu finden / wozu die Forastierer / und reisende Leut mehrmals ein sonders Wollgefallen haben. Alle diese arme Tropfen haben hierdurch kein Sünd / sondern es ist viel mehr mit ihnen ein Mitleid zu haben / Gott behüte einen jeden / dass er in dergleichen Phantasei nicht gerate: Aber diejenige / so aus Antrieb der Hoffart ihnen mehr einbilden / als sie seind / diese seind die größten Narren / und zwar ein Abscheuen in den Augen Gottes. Abominatio Domini est omnis arrogans. Proverb. c. 16.

Ganz schön hat der gekrönte Prophet gesprochen Homo cum in honore esset, non intellexit. Psal. 48. Der Mensch / da er in Ehren war / hat es nicht verstanden / etc. Das ist / sagt der H. Bernardus Epist. 237. Honor absorbuit intellectum, die Ehr hat ihm den Verstand genommen; das geschieht oft und aber oft. Siehest du Bruder Fidel denselben / der dorten im Wagen fährt? Ja / ich sehe ihn / dieser wird wohl nicht / glaub du mir / den Hut rucken / dann die Ehr / zu dero er gelangt / hat ihm die Vernunft verruckt / er kennt mich nicht mehr / oder besser geredt / er will mich nicht kennen ich weiß wohl wer sein Vater gewest.

Der Vater machte bumble bum /
Ging mit dem Schlegel ums Fass herum:

Sein Vater war ein Küfer oder Binder / er hat geheissen Joseph Schneitzer / jetzt heißt sein Sohn der Herr von Rotzberg / etc.

Schau Bruder Fidel, dort kniet eine in dem ersten Stuhl / sie hat einen rotsamtenen Bücher-Sack vor ihr / sie betet gewiss die Psalmos graduales, dann sie ziemlich gestiegen ist / der Tausende glaubt nicht / dass sie einer Kösten-Braterin Tochter sei; sie hat einen reichen Vettern geerbt / und folgsam zu einer so vornehmen Heirat kommen / dass sie anjetzo Ihr Gnaden tituliert wird; dieses alles ging hin / dann Gott wohl öfter denen Leuten die Gnad gibt / dass sie von der Nadel zum Adel kommen / auch ein jeder vergönnt ihrs gar gern / wann sie nur zurück denket / wer sie gewesen ist / und andere nicht also verachtet / sie würdiget sich nicht einmahl mit einem gemeinen Menschen zu reden: Homo cum in honore esset non intellexit.

Einer ist teils durch Favor großer Herren / teils auch wegen guter Qualitäten zu großer Würde erhebt worden / und als ihm unter andern auch sein vorhin bekanntester Kamerad hierzu Glück gewunschen / ich gratuliere Euer Gnaden / sagt er / von Herzen zu dieser hohen Würde / wünsche nichts anders / als dass sie viel und lange Jahr mögen in bester Gesundheit ihrem Amt vorstehen / mich anbei auch unter dero geringste Diener zu zählen / ich / sagte der neugeborne Blasiuss, ich kenne ihn nicht; worauf der andere / ich heiß so und so / wir beede seind etliche Jahr miteinander gestanden / auch jederzeit die beste Brüder gewest; er wiederum / ich kenne ihn nicht; das hat dem andern dergestalten verdrossen / dass er alsobald sein Gratulation in ein Kondolenz verkehrt / sagend / mir ist von Herzen leid / dass Euer Gnaden in ein solches Unglück so unverhofft geraten / ihren Verstand auf einmal verloren und um die völlige Vernunft kommen / dergestalten dass sie mich gar nicht mehr kennen / wollt wünschen / dass ich so potent wäre / und vermögte / dass ich ihnen konnte ein solche schädliche Geschwulst aus dem Hirn vertreiben / Adio.

Wann ich reich wäre / so tät ich einem solchen hoffärtigen Narren einen Mainzerischen Dukaten schenken / worauf ein Rad zu sehen; dann Willegisus ein Erz-Bischof zu Mainz in seinem Palast allenthalben hat lassen ein Rad malen / welches nachmals auch auf die Münz geprägt worden / sich dadurch zu erinnern /

dass er von geringen Herkommen sei / und zwar eines Wagners Sohn.

Ein hoffärtiger Narr ist gewest Achitophel. 2. Reg. c. 17. Welcher bei denen Königlichen Prinzen fast alles golten / und in großem Ansehen gewest / nachdem aber auf ein Zeit sein Rat und Einschlag verworfen worden / den er dem Absalon geben / da hat sich der Narr dergestalten geschämt / des Glaubens / sein Reputation habe hierdurch die Schwindsucht bekommen / dass er alsobald nach Haus geeilet / ein Testament / und Richtigkeit gemachet / und nachgehende sich selbst erhenket. O Narr! diesen hat die Ehr mehr kitzlet / als der Strick.

Man sagt sonst / die Narren muss man mit Kolben lausen / aber Gott selbst last die hoffärtige Narren meistens zuschanden werden. Das hat Anfangs gleich der Lucifer erfahren / weil er aus lauter Hochmut wollte dem Allerhöchsten gleich sein; also ist auf dieses Gloria in Excelsis, gleich das de profundis gefolgt / und ist er aus einem Engel ein Bengel worden; aus einem Himmel ein Lümmel worden: aus einem Rösel ein Esel worden; aus einem Lambel ein Trampel worden; aus einem Führer ein Schmierer worden; aus einer Fackel ein Mackel worden; aus einem Wunder ein Plunder worden; aus einem Hui ein Pfui worden / darum heißt es pfui Teufel. Gott hat endlich nichts mehrer im Brauch / als dass er den Dampf der Hoffart tue gemeiniglich dämffen / und zuschanden machen; aus unzählbaren vielen / ist auch folgende Geschicht.

Zu Genua trug ein Baur eine ziemliche Bürde Holz auf dem Rucken / selbe in der Stadt zu verkaufen / dieser aff der Gassen / wie pflegt zu geschehen / schrie immerzu / Auf die Seiten / Auf die Seiten. Ein junger Stolzhofer / der mit seinem Allemodi-Kleid daher prangte / als hätte ihn ein Pfau ausgebrütet / wollt diesfalls nicht weichen / der Meinung / es wäre wider seinen groß-gewichtigen Respekt; der Baur aber geht immerzu den graden Weg fort / und stößt diesen aufgeputzten Gassen-Engel in einen tiefen Kot hinein / dass er selbst zu diesem Hasen im Pfeffer müsste lachen. Mein hochadeliche Domination, wie er ihm eingebildet / hielte solches für einen höchststräflichen Schimpf / dahero es unverzüglich dem Gericht angedeut / worei der Baur alsobald musste erscheinen / als er nun befragt worden / warum er diese freventliche Tat habe begangen? Hierzu sagt der Baur kein Wort / sondern stellte sich / als wär er stumm / und redlos / ja sein Antwort bestund in lauter Deuten; die Obrigkeit / in Bedenkung solcher Umstände / wendet vor / dass sie hierinfalls dem Kläger kein Ausrichtung können tun / um weil der arme Mann stumm sei / und sich nicht könne verantworten; ja wohl stumm / sagt dieser Feder Hans / hat sich wohl stumm / der Baur ist ein Erz-Schelm / hat er doch dazumal / wie dieses geschehen / können reden / ja gar laut schreien: Was hat er dann / fragt der Richter / dazumal geredt / Er / sagt dieser Pompulus, hat geschrien / Auf die Seiten / Auf die Seiten. Wohlan dann / sagt der Richter / so ist der arme Mann hiermit entschuldiget / auch frei und los / warum ist der Herr dem armen beladenen Tropfen nicht gewichen? Musste also dieser sein Hoffart mit einer Scham-Röte bezahlen / und nicht ohne Gelächter den Abtritt nehmen; auch sagten die mehreste / dass dem hoffärtigen Narren sei recht geschehen. Masenius in Speculo Imaginum.

Ein Grober Narr.

Ob Adam / nachdem er aus dem Paradeis verjagt worden / und einen armen / und arbeitsamen Baurn musste abgeben / ob er damals schon einen Schlegel habe gebraucht als täte er Holz klieben / ist mir / und vielen andern nicht bewusst; aber wie sein ungeratner Sohn der Kain seinen Leiblichen Bruder Abel ermordet / und von dem Allmächtigen Gott befragt worden / wo sein Bruder sei? Da gab er diese Antwort: Nunquid custos Fratris mei sum ego? Bin ich dann meines Bruders Hüter? Dieser war meines Erachtens der erste Schlegel / und zwar ein Grober / indem er dem Allerhöchsten Gott ein so unhöfliche Antwort geben: Der Kain hat seinesgleichen die Menge der Brüder / welche alle mit dem Titel als grobe Narren gezeichnet sein; unter solchen hat fast den Vorzug der Nabal. 1. Reg. c. 25. Als denselben der David durch seine Bediente so höflich ersuchen lassen um einige Victualien, gestalten er sich in großer Not befunden / da hat dieser grobe und ungeschlachte Gesell gegen ihn ein Gesicht gemacht / als hätte er ein Dutzend Holzäpfel gefressen / auch endlich in diese grobe Wort ausgebrochen. Quis est David? Wer ist dann der David? Ei du grober Knospus! Sollst du nicht denjenigen kennen / welchen ganz Israel so hoch und wert haltet? Der da ein so Herrliche / und nie erhörte Victori wider die Philistheer erhalten hat? Gar recht hat sich nachmals die stattliche Dama Abigail dieses Grobiani Gemahlin bei dem David entschuldiget / er wolle es doch nicht so hart zu Gemüt führen / was ihr Mann ihm und seiner hohen Person hat zugefügt / stultitia in eo est, etc. Dann er / sagte sie / ist von Natur ein grober Narr.

Der gelehrte Didacus Nissenus schreibt: Fer. 4. post Dom. 2. Quadrages. Dass Gott nicht allein die Heiligkeit sondern auch die Höfflichkeit in seiner Schul lehre non Sanctitatem modo, verum er Urbanitatem in sua Schola Deus docet. Sehe jemand nur wie höflich der gebenedeite Heiland mit dem Petro umgangen / als einest das Volk auf Ihn drang / Gottes Wort zu hören / da er stunde am See Genesareth, auch dazumal zwei Schiff am See stunden / die Fischer aber waren ausgetreten / und wuschen die Netze / der Herr aber trat in ein Schiffel / das dem Simoni zugehörig / und bitt ihn / dass ers ein wenig vom Land führete / rogabat eum, etc. Ei / Gottes Sohn selbst; der Welt Heiland selbst; der Herr und Herrscher aller Ding selbst / bat Gott den Petrum, etc. Merke doch / dass die Höfflichkeit bei allen ein sehr schöne / und wohl anständige Tugend sei. Luc. c. 5.

Wie hätte dann können höflicher sein Magdalena bei dem Grab des Herrn / als ihr der Herr in Gestalt eines Gärtners erschienen / den sie damalen auf keine Weis erkennt / gleichwohl denselben einen Herrn tituliert / Domine, etc. Sonst pflegt man diejenige / so ein Schaufel über die Achsel tragen / gar selten Herrn zu schelten / aber Magdalena, als ein adeliche Person / wusste gar wohl / dass die Höflichkeit bei einem solchem Stand sehr wohl stehe.

Der alte Plutarchus in Pol. ad Traja. hat dazumal schon die unhöfliche Leut für grobe Narren ausgefilzt / da er sagte: Stulti sane, qui intelligere nequeunt, honorare, quam honorari, quid praestet. Dass die Bauren meistens sich in die Höfflichkeit nicht können schicken / ist es ihnen so gar für ungut nicht aufzunehmen: Zumalen ihr meiste Aufenthalt ist bei groben / und unartigen Leuten / ob doch schon einer gewest / der vor hat geben / als sein die Baurn viel höflicher als die Edelleut / dann wann sie sich schnäuzen / so werfen sie solchen Unflat auf die Erden; die Edelleut aber solchen gemeiniglich samt dem Tüchl in Sack schieben.

Weil der erste Baur in der Welt grob ist gewest / dieser war der Kain, Cain autem erat Agricola. Also glauben die andern / sie müssen gleichsam in dessen Fußstapfen treten; dergleichen Exempel / weil sie allzu viel und fast täglich / seind unnötig allhier beizurucken: Ich weiß mich selbst zu erinnern / dass ein Geistlicher bei einer vornehmen Wallfahrt / um weil der Zulauf allzugroß / derentwegen genötiget worden / unter dem freien Himmel Beicht zu hören; als aber der Stuhl / worauf er gesessen / ziemlich nieder / und folgsam der Habit unterhalb viel auf der Erden gelegen / und nun ein Baur mit neuen Lederhosen hinzugetreten / und niederknien wollte / da hat er vorher den Habit des Beichtvaters besser hinausgezogen / ihm selben / als einen Teppich underbreitet / damit er solcher Gestalten seine gelbe Hosen nit möge besudlen. Wohl ein grober Narr!

Ein anderer hat seinem Herrn Verwalter ein Kandl Wein zu dem Nachtmahl überbracht / mit Bitt / er wolle damit vorlieb nehmen / dann er wisse doch nicht / wann ein Schelm den anderen vonnöten habe; tut zugleich ihm eines zubringen; da er aber vermerkt / dass ein Mucken oder Fliegen im Wein schwimme / wollte er doch solche nicht heraus fischen / sondern nahm den Lichtputzer von dem nächsten Leuchter / und hebt sie damit heraus. Auch ein grober Narr!

Andere unzählbar mehr dergleichen Grobheiten seind für sich selbst auch in allweg bei den Bauren zu tadlen; viel mehr aber bei anderen Leuten / die gleichwohl in Städten / und Märkten seind auferzogen worden / oder wenigst einige Jahr und Zeit unter denselben gewandlet; dannoch findet man solche Porcellänische Gäst / ungeschlachte Lümmel / knopperte Wald Szepter / umkehrte Berchtolds-Gadner-War / über und über gedrehte Knöpf / die noch der eigenen Meinung seind / als stehe ihnen die Grobheit sehr wohl an.

Einer sitzt bei der Tafel so ungebärdig / als wollt er mit beeden Armen ein Gewölb unterstützen; ein anderer ist so unverschämt / dass er in die Schüssel mit solchem Gewalt hinein sticht / als wollt er einem Wildschwein den Fang geben; ein anderer ist so grob / dass er ein bratne Gans auf sein Teller logiert / derselben Hosen / und Wams abzieht / das übrige dem Nächsten vorlegt; ein anderer ist so wild / dass er mit schmutziger Goschen sauft / und folgsam das Glas nicht anders aussieht / als wie ein Flecksieder Ärmel; ein anderer, grappelt in den Zähnen mit ginnendem Maul / als stehe schon das Tor offen zum Mist ausführen: Ein anderer hat noch halbes Futter im Maul / fangt anbei zu lachen / dass die Trebern wie ein Schauer oder Riesel über den Tisch fallen / als wäre sein Maul zu einer Spritz-Kandel worden; ein anderer ist so viehisch / dass er einen Hanockischen Seufzer aus dem Magen treibt / als täte an einer Gleger-Butten ein Reif abspringen; ein anderer überladet den Teller mit Speisen / dass es einem unabgestrichenen Metzen nicht ungleich; ein anderer bringt solche Zotten auf die Bahn / dass solche dem Teufel für ein Konfekt könnten aufgesetzt werden / etc. An diesen und dergleichen groben Narren hat Himmel und Erden ein Abscheuen.

Ein Eifersüchtiger Narr.

Dass Job ein Model und Modell der Geduld / alle Sucht und Krankheiten habe an sich gehabt / ist ein allgemeine Aussag der Lehrer; und wollen auch einige / dass er das Podagra in höchstem Grad habe ausgestanden / indem er gesagt hat / posuisti in nervo pedem meum, etc. Wann dann alle Suchten ihn geplagt haben / die Lungen-Sucht / die Dürr-Sucht / die Gelb-Sucht / die Wasser-Sucht / die Schwind-Sucht / die Glieder-Sucht / etc. so ist doch ein Sucht an dero er nicht gelitten / nämlich / die Eifersucht / an der ist nicht bekannt / dass er hätte gelitten: da doch diese die härteste Sucht / und wo sie einmal stark haftet / da greift sie sogar das Hirn an und machet den Menschen zu einem Narren.

Der H. Paulus 1. ad Corinth. c. 7. v. 27. schreibt ausdrücklich diese Worte / als er handlet von dem Ehestand: Bist du an ein Weib gebunden? So such nicht los zu werden: Bist du aber frei vom Weib? So such kein Weib: Wann auch eine Jungfrau einen Mann nimmt / so sündiget sie nicht / doch werden sie solche Trübsal des Fleisch haben / ich aber verschone euer: Welches alles so viel will sagen / im Ehestand seind solche unglaublich große Trübsale / wann ich Paulus dieselbe alle wollte an Tag geben / und kundbar machen / ich fürchte es möchte gar keiner heiraten. S. P. August. lib. de Virg. c. 16. Unter solchen Trübsalen ist fast eine aus den größten die Eifersucht / also zwar / dass Gott im alten Testament sehr viel Zeremonien, Opfer / und Mittel vorgeschrieben / damit dieser üble Zustand möchte aus dem Weg geräumt werden: Ja mehr als einmal hat Gott im neuen Testament Wunderwerk gewirkt / damit er nur diese üble Sucht möchte wenden. Die Mutter des seligen Laurentii Sossii ist in einem so bösen Argwohn bei ihrem Mann kommen / dass er sie bereits mit einem Säbel wollte niederhauen / der Meinung / als wäre er nicht rechter Vater zu diesem Sohn; das Kind aber / das nur 10. Tag alt / ist ihm in den Streich gefallen / und in diese Wort ausgebrochen: Quid agis Pater? Was tust du Vater? indem ich dein leibliches Kind / und die Mutter unschuldig. Annal. Serv. P. 2. cent. 4.

Ein Gift des Ehestands / was mehr? Ein Räuberin des Friedens / was mehr? Ein Zertrennerin der Gemüter? Was mehr? Ein Folter des Herzens / was mehr? Ein Tyrannin des Gewissens / was mehr? Eine Wolke des Verstands / was mehr? Ein einheimischer Teufel selbst ist die Eifersucht. Frage in dem schönen Kloster Fürstenfeld in Bayern / wer dessen Stifter gewesen / so wirst du hören / dass selbiges hab aufgericht / und mit stattlichen Renten versehen Ludovicus Severus Herzog in Bayern / umweil er aus grundloser Eifersucht seine liebste Frau Gemahlin Mariam, ein Herzogin aus Brabant hat lassen ermorden / wessenthalben er auch / unangesehen ein Herr von 27. Jahren / in einer Nacht also eisgrau worden / dass er einem 70.jährigen Dättel gleich gesehen. Bavar. Sanct. tom. 2. Bei denen Welschen und Spaniern wachset dieses Unkraut zum mehristen / also zwar / dass etliche vor lauter Eifersucht am ganzen Leib absterben / und elendiglich krepieren; daro bei ihnen diese Sucht Gelosia genannt wird / weil nämlich vor immerwährenden Sorgen / das Geblüt gleichsam erkaltet / und folgsam die Lebens-Geister verschwinden. Zu Venedig ist ein ganzes Buch von diesem Hausübel in Druck ausgangen / worinnen sehr entsetzliche Exempel zu lesen / solches wird tituliert / Antidoto della Gelosia. Justina ein Adeliche und Gestalt halber berühmte Jungfrau zu Rom / nachdem sie geheiratet / und einest in Abziehung der Schuh etwas wenigs den Fuß entblößt / da ist ihr Mann in ein solche Eifersucht gefallen / dass er sie an derselben Statt entleibt. Wovon folgende Vers:

Immitis ferro secuit mea colla Maritus,
Dum propero nivei solvere vincla pedis,
Durus et ante thorum, quo nuper Nupta coivi,
Quo cecidit nostrae Virginitatis honos.
Nec culpa meruisse necem, bona Numinis testor,
Sed jaceo fati sorte perempta mei.
Discite ab exemplo Justinae, discite Patres.
Ne nubat Fatuo filia vestra Viro.

Unerbittlich durchschnitt mit dem Dolch mein Gemahl mir die Kehle,
Da ich vom schneeweißen Fuß die Riemen zu lösen mich eilte,
Hartherzig, grad vor dem Bette, wo just wir Vermählung gefeiert,
Wo soeben die Würde der Jungfernschaft ich ihm geopfert.

Nicht durch eigene Schuld verdient' ich, bei Gott, diese Strafe,
Sondern hingerafft liege ich da durch das Los meines Schicksals.
Lernt an dem Beispiel Justinas, ach, lernet, ihr Väter, dass niemals
Ihr die Tochter verheiratet einem törichten Manne.

Beyr. Lit. Z.

Wohl recht große / starke / seltsame / grobe / gesichtige / und gewichtige Narren seind die Eifersüchtige. Ein Eifersüchtiger / beschau ihn wohl / ist wie ein eisener Hahn auf dem Dach / der sich ein ganze Zeit hin und her wendet: Ein Eifersüchtiger / besichtige ihn recht / ist wie ein Henn / die immerzu kratzt / grippelt / grappelt und sucht; Ein Eifersüchtiger / betracht ihn gut / ist wie ein Löw / der auch im Schlaf die Augen offen hat. Dem Narren ist ein jeder Aspekt, Suspekt; ihm ist des Weibs ein jeder Gang ein Zwang; ihm ist ein jeder Schritt ein Schnitt; ihm ist ein jeder Gruß ein Buß; ihm ist ein jeder Schmutzer ein Drutzer; ihm ist ein jeder Blicker ein Zwicker; Sie wollt gern reden / und darf nicht; sie wollt gern lachen / und soll nicht; sie wollt gern grüßen / und traut ihr nicht; sie wollt gern danken / und unterstehet sich nicht; alles / was von ihr Guts gesagt wird / das glaubt er nicht; was von ihr böses geredt wird / das glaubt er: Monsieur, sagt ein alte Hexametron, euer Frau tut in der Kirchen unter dem Gebet mit dem und dem reden: Morbleu! sagt der Narr / da wird das Placebo Domino nicht weit davon sein. Monsieur, sagt ein alte gefaltete Fechhauben / euer Frau hat dem und dem ein schöne Reverenz gemacht; Morbleu! sagt er / das Reverenz machen bedeutet reverenter etwas anders; Monsieur, sagt ein Zahn- und zahmlose Fettel / euer Frau hat von dem und dem ein schönen Blumen Buschen bekommen; Morbleu! sagt er / hol der Teufel das Vergissmeinnicht darunter; Monsieur, sagt ein geschimpelter Salve Käs / euer Liebste hat in vergangener Gesellschaft mit dem und dem öfter getanzt / als mit anderen: Morbleu! sagt oder gedenkt der Narr / dieser Tanz drohet mir auf der Stirn ein Capriol / etc.

O Narr über alle Narren! Wie vielmal tun wir Menschen übel urteilen / und wollen in dem Fall dem allerhöchsten Gott in sein Allmacht greifen / der alleinig den Schlüssel hat zu den Menschlichen Herzen! Haben doch die Aposteln einmal den Heiland selbst für ein Gespenst angeschaut / putabant esse Phantasma. Wann auch zuweilen ein Sach fast handgreiflich scheinet / so können wir gleichwohl irren; wie es dann dem alten Isaac widerfahren / welcher des Jacobs Händ für die Händ des Esau gegriffen.

Jener ist doch von der Seinigen sehr gut ausgezahlt worden; diese hat er aus Eifersucht dergestalten eng und streng gehalten / dass sie immerzu wie ein Duckentel sich musste verbergen / sogar die Fenster waren ihr verboten / war also gezwungen gleichsam aus einem Weib ein Domicella zu werden; so weit hat der Narr in seiner Torheit zugenommen / dass er ihr auch geboten / sie soll auf kein einige Manns-Bild gedenken / wann auch der Gedanken in sich selbst gut wäre; als er einstmals auf wenig Stund nur abwesend / da hat sie ihr selbst ein stattliche Jausen zugericht / und ein paar Hasen-Huendl / samt anderen Schnapp-Bisslen dergestalten abgeküfflet / dass nichts als die Beinl geübriget worden; da er aber bald hernach heim kommen / und solches gesehen / nun / sagt er / du last es dir wohl schmecken / geseng dirs Gott; allein du Närrin / hättest mir wohl sollen was überlassen / O mein Mann / war ihr Antwort / ich hab warhaftig auf dich nicht gedenkt / dann du hast es mir ja so hoch verboten / und auferlegt / ich solle auf kein Manns-Bild denken / etc. Ziehe ein Gispel.

Ein Lobwürdiger Narr.

Unter diese Zahl hat sich der Heil. Paulus selbst samt den Seinigen gezählt / als er gesagt hat / nos stulti propter Christum, wir sind Narren um Christi willen. 1. Corinth. c. 4. Dann die Welt dazumal hat es für ein Narrenstuck gehalten / dass diese so viel Schmach und Unbill um Christi willen gelitten: aber dergleichen Narrheit ist bei Gott ein Weisheit; solche lobwürdigste Narren hat man schon ziemlich viel in der Welt gefunden und ist deren noch kein Mangel.

Wer ist dieser / der so viel gilt bei dem Päpstl. Stuhl? Bei so großen gekrönten Häuptern? Er hätt gar können Erz-Bischof zu Mailand werden / wann er solche Dignitet nit hätte geweigert; Es ist der Clarevallensische Abt Bernardus; zu diesem ist auf ein Zeit ein Priester kommen / und in sein Heil. Religion angehalten / dass er nämlich wollte ein Mönch werden; Bernardus gibt ihm ein Antwort / dass er auch anderwärts / wann er will / könne einen vollkommenen Wandel führen; dieser nahm welches für einen Korb auf / und schlagt ihn dergestalten ins Gesicht / dass er fast über und über gefallen; als andere diese Unbill in allweg wollten rächen / hat der Heil. Mann sie mit allem Gewalt abgehalten / sprechend / mir hat Gott so oft verziehen / warum sollte ich ihm nit verzeihen? Marulus l. 5.

Ein solcher Narr bin ich nicht / sagt ein mancher Welt-Mensch / der Teufel hol mich / wann mir dies wäre geschehen / ich wollt dem Pfaffen die Blatten geschoren haben / dass er sein Lebtag hätte auf mich gedenkt / ich wollt ihn mit dem Spanischen Rohr auf gut Deutsch dergestalten gemessen haben / dass er die Streich Nottenweis hätte müssen zählen / was gilts / er wäre mir mit dem praesta quaesumus kommen / und um Gnad gebeten. Ecce! der sich nicht rächet an seine Feind / und den zeitlichen Respekt nicht achtet / wird von der Welt für einen Narren gehalten / aber diese Narrheit ist bei Gott eine Weisheit. Ego dico vobis, diligite inimicos vestros. Matth. c. 5.

Wer ist dieser / der sich in einer so schlechten Hütten aufhaltet / dass er sich kaum kann umkehren? Sein Kleid ist nichts anders / als ein rauchen Sack; sein Bett ist nichts anders / als eine von groben Binsen geflochtene Decken; sein Kuchel ist nichts / als ein bloße Erd / allwo ein schlechter Kraut-Topf beim Feuer stehet; sein Keller ist nichts anders / als ein vorbeirinnender Bach; sein Gesellschaft die wilden Tiere: Wer ist dieser? Es ist Arsenius, derselbige / der da hat können bei des Kaisers Arcadii Hof alles in allen gelten; er hätte können alle Renten aus dem Königreich Ägypten genießen; er hätt können die rechte Hand dieses großen Monarchen sein / und folgsam ein halber Welt-Regent; hat aber alles dieses veracht / und verlacht / etc. und ist ein Eremit worden. Ein solcher Narr / sagt ein mancher Welt-Mensch bin ich nicht / man muss gleichwohl auf Ehr und Reputation gehen / auch ein gemeiner Erd-Dampf sucht in die Höhe zu steigen: das Wörtl Honor fangt von einer Aspiration an / als solle ein jeder rechtgeschaffene Kerl nach einer Ehr trachten. Meine Eltern haben mir darum so viel Geld hinterlassen / damit ich heut oder Morgen soll weiter kommen; hat Saul können aus einem Esel-Treiber ein König werden / warum soll ich nicht auch alles suchen / und versuchen / damit was mehrer aus mir werde; ein Storch macht sein Nest in die Höhe / sollt ich dann schlechter sein / als dieser Schnaderer; ein Baum tracht von Natur in die Höhe / ich müsste wohl ein Stock und Block sein / wann ich nicht desgleichen täte: Es ist doch besser bedient werden / als dienen; so halt man doch mehrer auf einen Turn / als auf ein niedere Halter-Hüten; einen hohen Berg scheint die Morgenröt ehender an / als einen schlechten Scher-Haufen. Ecce! der Ehren / und Digniteten verachtet / wird von der Welt für einen Narren gehalten; aber diese Narrheit ist bei Gott ein Weisheit / in deine er gesprochen hat: Discite a me, quia mitis sum et humilis corde. Matth. cap. 11. Non venit Filius hominis ministrari, sed ministrare. Matth. c. 20.

Wer ist dieser? Der in einer so schmutzigen Kutten / die Schüssel in der Kuchel abspült? Denen ankommenden armen Pilgramen die kotige Füße waschet? Den Leib täglich mit harten eisenen Ketten abbufft? Einen härenen Strick an dem bloßen Leib tragt / und nicht einmal sich sättiget mit einem geschimmelten Brot: Wer ist dieser? Es ist Gallicanns ein nächster Befreundeter des großen Kaisers Constantini, der ein Ober-Haupt des ganzen Römischen Kriegs-Heer: Dieser hat alles um Jesu Christi Willen verlassen / ein Mönch worden / und einen solchen strengen und harten Lebens-Wandel angetreten. Ein solcher Narr / sagt mancher Welt-Mensch / bin ich nicht / ich will gleichwohl in Himmel kommen / es heißt ja / du sollst deinen Nächsten lieben; wer ist mir nähender als mein Leib? Dieser kann das Cilicium, und Ross-Haar gar nicht leiden / außer unter dem Sattel; Das Geißlen / und Peitschen hat er gar nicht gewohnt; hat sich doch ein Engel über die Eselin erbarmt / wie solche der Balaam geschlagen; Fasten ist mir gär nicht möglich / mein Magen erschreckt vor Fischen / wie der jüngere Tobias beim Fluss Tygris: Dass Joannes in der Wüsten Heuschrecken für ein Speis habe genossen / will ich der Weil glauben / unterdessen wird mir ein Cappauner nicht so schädlich sein / wie dem Petro ein Hahn / etc. Ecce! einen strengen / harten Lebens-Wandel führen / den Leib gebührend Kasteien / ist bei der Welt ein Narrenstuck / aber bei Gott dem Allmächtigen ist es eine Weisheit / qui autem sunt Christi, Carnem suam crucifixerunt cum vitiis et concupiscentiis etc. ad Galat. 5. Regnum Caelorum vim patitur. Matth. cap. 11.

Wer ist dieser? Er trägt einen Zettel in der Hand / er läutet bei der Kloster-Pforten an / und begehrt zu dem P. Prediger / erzählt demselbigen umständig / wie er verwichenen Erchtag einen Beutel mit 100. Dukaten habe gefunden / dabei auch ein Ring mit einem sehr kostbahren Diamant / bittet denselben / er wolle doch die Mühe über sich nehmen / und diese Zettel nach der

Predigt ablesen / folgsam verkünden / wer etwann dieses Geld verloren / soll sich da und da anmelden. Ein solcher Narr / sagt ein anderer / wär ich nicht / der Kerl hat das Glück nicht wissen zu gebrauchen / da hätt ich wohl mein Maul gehalten / warum gibt nicht ein jeder acht auf sein Sach; zu dem Geld hätt ich gesagt / Herr mein Fisch: Es muss einer lang warten / biss ihm ein solche Kuh kälbert: Ecce! Der auf sein Gewissen gehet / und mit ungerechtem Geld sich nicht will beschweren / einen solchen halt die Welt für einen Narrn / aber diese Narrheit ist bei Gott eine Weisheit: Quid proderit homini, si lucretur universum Mundum, Animae vero suae detrimentum patiatur.

Wer ist dieser? Er ist halb nackend ausgezogen / kriecht auf allen Vieren daher / trägt einen Sattel auf dem Rucken wie ein Esel / einen Zaum in dem Maul / marschiert solcher Gestalten auf öffentlichen Platz / wo ein Menge der Leut versammelt / deren mehriste ihn für einen unsinnigen Narren gehalten; Wer ist dieser? Es ist der Seelige Jacoponus aus dem Orden des Heil. Francisci, welcher nichts anders gesucht / als von der Welt verachtet / und verlacht zu werden: Aber ein solche Narrheit ist bei Gott eine Weisheit.

Wer ist dieser? Er tanzt in Gegenwart vieler Tausend Personen vor der Kirchen / hat einen umgekehrten Pelz an / und das Rauche auswendig / macht allerlei seltsame Caprioli / schnalzt mit den Fingern / und macht Männiglich ein so unverhofftes Narren-Spill? Diser ist der H. Philippus Nereus, der bei dem Papst / und allen Kardinälen im höchsten Ansehen; damit ihn also die Leut nicht für heilig sollten halten / hat er sich ganz närrisch gestellt. Solche Narrheit aber war bei Gott eine Weisheit.

Wer ist dieser? Er zieht aff wie ein Kapuziner / trägt aber einen schwarzen Hut auf dem Kopf / den ihm besagter Philippus Nereus aufgesetzt / hat ein Blumen-Büscherl hinter den Ohren / trinkt vor allen Leuten mitten auf dem Platz zu Rom aus einem Fläschel / ihm laufen die Buben nach in einer großen Menge / und schreien / Capucino col Cappello, Capucino col Capello, etc. dieser ist der Selige und heilige Mann / und Bruder Felix ein Kapuziner / der wegen seiner großen Heiligkeit allenthalben berühmt; damit er nur von der Welt möchte verachtet und verspottet werden / hat er derentwegen / solche / dem Ansehen nach / ungereimte Sachen begangen: aber ein solche Narrheit wäre bei Gott eine Weisheit.

O wohl ein schöne / ein löbliche / ein heilige Anzahl solcher Narren! die alle mit Paulo um Christi willen Narren abgeben / nos stulti propter Christum. Lasset euch nur nicht abschrecken ihr eifrigen Christen / wann euch schon die schwindsüchtige Welt / wegen euren frommen Wandels / und Christlichen Lebens auslachet / und für Narren haltet; ist doch der Welt-Heiland Christus der Herr selbst bei dem Hof Herodis nicht anders gehalten und traktiert worden: Ist doch der Namen und das Evangelium nicht anders traktiert worden / als Judaeis Scandalum, Gentibus Stultitia, 1. ad Corinth. 1. c. Den Juden ein Ärgernis / den Heiden ein Torheit. 1. zu den Corinth. 1. Cap. Folgen wir lieber nach dem Heil. Gregorio, welcher also ernsthaft uns sämtlich ermahnet / Si veraciter Sapientes esse appetimus, relinquamus noxiam Sapientiam, discamus laudabilem fatuitatem. Wann wir recht weis und verständig zu sein begehren / so lasset uns die schädliche Weisheit verlassen / und lasset uns lernen ein löbliche Torheit. S. Gregor. Papa. lib. 27. Moral. c. 27.

ENDE